KB231097

누군가 나를 두드렸다

누군가 나를 두드렸다

고완수 시집

詩와에세이

2010

사랑

그대는 어찌하여 바깥을 갈구는가
아상연마 살수록 헛물만 켜게하니
거바다를 통째로 삼켜 풀수 있다면
일생을 누고나 피어 살텐데
을 이끌수록 억척하여 그러는 짜닌짠
갈증인가

이청엽 인봄고 원수 시인의 시를 쓰다 한빛 김인자

차례__

제1부

제2부

제3부

제4부

제1부

그 이름이 그립다

이름을 부르지 않았다
그 애는 나를 만날 때마다
꼴뚜기 멍게 해파리 말미잘 불가사리
이런 바다 이름을 불러댔다

못생기기도 했겠지만
소심하기도 했겠지만
내 고향이 바닷가라서
그리 불렀는지도 모른다

별명일 뿐인데
그 애가 그리 부를 때마다
조용하던 내 마음엔
왜 그리도 파도가 높았는지
알 수가 없었다

그가 다녀가셨나 보다

그가 앉았던 자리엔
겨우내 찬바람 들끓어
풍문만 무성하더니
오일장 돌고 돌아도
그림자 찾을 수 없더니
춘분 지나 봄볕 찰진
오늘 다녀가셨나 보다

장작불 활활 피워
튀밥 기계 걸어놓고
듣기만 해도 배부른
뻥뻥거리는 소리로
장 보러온 사람 모두
군침 돌게 하더니

공터에 선 벚나무마저
튀밥 주렁주렁 물고

더러는 땅바닥에 흘려
어쩔 줄 몰라 하는 걸 보니

누군가 나를 두드렸다

과일전에 수박 한 통 사러 갔다
주인은 좌판에 목만 내밀고 있던
푸른 민머리들 콩콩콩 두드렸다
물음표 몸통 같은 장지로 가볍게
이젠 팔아도 되겠냐는 허락을
구하는 정중한 질문 같았다
내 귀엔 들리지 않는 대답을
주인은 들었는가, 한 통 담아주며
잘 익은 수박일수록 맑고 향기로운
종소리가 들린다고 말했다
그 향기 경건하게 모시고 오는데
누군가 내 몸을 가볍게 두드렸다
잘 익어가고 있는지, 잘 익었는지,
이젠 세상에 내놔도 될만한지,
들어보려는 듯한 손기척 같았다
순간 멀쩡하던 내 걸음걸이가
심하게 꼬였다, 그림자마저 휘청거렸다

사랑

그대는 어찌하여
바닷물 같은가

마시면 마실수록
헛물만 켜게 하니

저 바다를 통째로 삼켜
풀 수 있다면

일생을 두고 나
퍼 마실 텐데

들이킬수록 어찌하여
그대는 짜디짠 갈증인가

수화

하얀 면장갑을 낀
천 개의 손을 가진 그녀가
손짓만으로 내게 말을 걸어옵니다
기나긴 침묵이 안으로 고여
그녀의 말을 벼렸던 걸까요
다변의 손짓에서 터져 나오는
눈부신 꽃빛 언어들에
햇살도 잠시 숨을 멈춥니다
새처럼 치솟는 언어에 나날이
수다스러워지는 그녀지만
내 마음의 귀는 이미 응달이어서
한마디도 해독할 수 없었습니다
수많은 손짓에도 반응이 없자
그녀도 답답했던 걸까요
어느 날은 면장갑을 모두 벗어던지고
온몸으로 말을 걸어오더군요
바닥에 쌓인 장갑들이 그때서야

눈물로 읽혀지기 시작했습니다

동백꽃 그늘에서

세연정 연지에 왔습니다
봄빛에 한창 접붙이고 있는
동백꽃 숲을 배경으로
기념사진을 찍기로 했습니다
꽃그늘에 든 내 얼굴이 너무
무거워 보였던 탓일까요
김치, 김치를 연발하며
표정을 풀라고 재촉하더군요
마음만큼 쉬 따라주지 않던
얼굴 표정을 달래서 한껏
웃음을 지어보려 했습니다
든든한 배경이던 동백꽃송이들도
얼굴이 온통 빨개지도록
소리 없는 홍소로 거들어주더군요
그래도 표정이 어눌했던가요
내 어깨 툭툭 치며 괜찮다고
아직은 견딜만하다고 더러는

온몸 던져 떨어져 내리던

꽃송이도 몇은 있었습니다

낮달

너를 잊기 위해
안간힘으로 돌아눕던
날이 얼마였던가

이젠 잊었다고
깨끗이 지웠다고
굳게 믿었는데

해쓱한 그리움으로
자주 이승을 기웃거리는
저 얼굴은,

백주에 날 호명하는
저 목소리는
무엇이란 말인가

가시가 박혀 있었다

손등에 가시가 박혀 있었다
까만 점처럼 찍힌 가시가
돌아선 등처럼 완강했다
어디에서 박혔던 것일까
기억은 비등점에서 머뭇거렸다
작은 가시였더라도 박힐 땐
불꽃처럼 서늘했을 것인데
통증이 바람처럼 가벼워
어떤 무늬도 남기지 못한 것일까
마침표인 양 받아들이고도
표정 없는 손등, 그러나
소매 끝이라도 스치는 날엔
상처는 번개처럼 번쩍거렸다
선명한 통증으로 현상되었다
희미해진 이름만 떠올려도
소름 돋듯 번지던 아픔처럼
가슴에 네가 박혀 있었다

꽃에게

네 그늘문에 코를 치박고
내가 킁킁거리는 것은
다디단 향기 때문만은 아니다
네가 녹색 집광판을 펴들고
햇살을 쪽쪽 빨아먹던 때문도,
바람의 연한 살만을 저며
와삭와삭 씹어 먹던 때문도,
여린 촉수 땅속에 박고
어둠 퍼 올려 꽃피우던 때문도,
아니다 아니다 결코 아니다
네 화려한 꽃시절 뒤에
껌처럼 눌어붙어 질척거리던
차가운 그림자에 내 상한 입술
뜨겁게 맞춰보기 위해서다
내가 이토록 네 그늘문에
코를 바싹 디밀고 발정 난
개처럼 킁킁거리는 것은

당신꽃

일억 송이의 꽃이
한꺼번에 피었다한들
내 맘속에 핀 단 한 송이
당신꽃만 할까요

제 아무리 화려한 꽃잎도
아름다운 향기도
시간의 서슬
비켜갈 수 없지만

내 맘속 깊이
그리움의 구근 묻어
한 송이 꽃만으로도 일생 동안
웃음 만발하게 하는

옆구리를 내주는 사랑

아미산 오르다 보았다
소나무 굴참나무 할 것 없이
등산로에 선 나무들마다
한결같이 옆구리가 사람 손때로
까맣게 빛나는 것을,
숨 막힐 오르막이거나
가파른 내리막일수록
둥치 굵거나 가늘거나 할 것 없이
옆구리가 더욱 빤질거려
이 길 오르내리던 사람들
지친 몸 얼마나 의지했는지
거친 숨 얼마나 골랐는지
아미산 내려오다 보았다
누구에게도 마다하지 않고 언제든지
옆구리를 내주는 사랑,
그럴수록 뿌리 깊어지던 나무 앞에서
내 옆구리 보았다

한 번도 남을 위해 온전히
내준 적 없어 매끄럽기만 한

그리움

손가락에 박힌 티눈
건들기만 하면
불일 듯 찔끔
눈물 일었다

어둠에 박힌 별
살바람 스치기만 해도
저릿저릿
통증 치솟는가

온몸 욱신거릴수록
미소로 번지는
환한 그리움

보름달

그믐에서 보름까지
네게 가기 위해 맨발로
가파른 길 얼마나 걸었던가
어두운 길 얼마나 헤맸던가
제 발걸음소리 동무 삼아
온몸으로 등불 삼아
얼마나 걷고 걸었던가
더러 가시밭길 걷는 것이
그리움의 지독한 몫이라지만
그림자도 없이 홀로 걷는다는 것은
얼마나 사무치는 일이던가
얼마나 큰 천형이던가
어둠의 정점에서 그리움은
절뚝거리며 걷는 것이라며
잠시 걷던 발 들어 보여주던
때 낀 발바닥에 찍힌
환한 물집 하나

광배 (光背)

중앙박물관 특별전시관에 갔다
'발굴에서 전시까지'란 특별함 때문인가
낯설게 전시된 유물들 사이에서
손바닥만한 거북 모양의 광배 보았다
중심에 있어야 할 부처는 없고
광배 홀로 외롭게 걸려 있었다
배경만 남았다는 것이 쓸쓸함으로 내 명치를 울렸다
부처를 껴안고 돋보이게 했던 금동 광배,
어떤 시간이 이들 사이를 허물었는지
그 사연 가늠할 수 없었지만
주인 잃은 배경은 내내 안쓰러웠다
슬픔이 혈관 따라 찌르르 온몸 맴돌았다
더는 견딜 수 없어 눈물샘 터지기 전에
주인이 배경을 버린 것이 아니라
스스로 떠난 것이라고,
늘 배경으로만 놓여 있는 것이 안타까워
한 번쯤 주인공 역을 맡긴 것이라고,

생각을 바꾸기로 하였다
늘 나의 중심에서 빛났던 네가 떠난 것도
나를 버린 것이 아니라
나를 주인공으로 세우기 위함이었다고,
생각 바뀌자마자 금동 광배가 따듯했다
떠나버린 그 마음이 여래(如來) 같았다

제2부

제자리

별이 아름다운 것은
별빛 찬란해서가 아니다
혼곤한 어둠 속에서도
홀로 제자리를
지킬 줄 알기 때문이다

꽃이 아름다운 것은
향기 맑아서가 아니다
갑각(甲殼)의 외로움 속에서도
홀로 제자리를
지킬 줄 알기 때문이다

그리움뿐이어도 사랑 눈부신 것은
결코 영혼 흔들고 가는
두근거림 때문이 아니다
늘 제자리에서
기다릴 줄 알기 때문이다

활짝 필수록 슬픈

오래전 꽃이 끊긴 어머니에게서
한 무리의 검은 꽃 보았다
식물도감에서도 찾을 수 없던
꿈이 도는 몸에만 피던,
손톱에 낀 흙이 전부인데
누가 어머니의 생에 몰래 들어가
씨앗을 묻어 두었던 것일까
꽃은 어떤 상처를 온기로 핥으며
흑점처럼 피어난 것일까
줄기도 이파리도 없는 꽃이
언제부턴가 더는 오지 않자
어머니는 봄이 되었던 것이다
메말라 가는 몸을 갈아엎으며
스스로 꽃밭이 되었던 것이다
꽃을 비워 꽃을 피우는 어머니,
꽃에서 멀어져서야 꽃인 어머니에게서
활짝 필수록 슬픈 꽃 보았다

가벼운 세월일수록 황홀하게 피던
한 무리의 막막한 저승꽃을

.

홍시 · 3

빛은 아주 멀리서 온다고
둘러선 어른들은 말했다
전구를 처음 본 난 그 멀리가
어디쯤인지 알 수 없었다
내 발바닥이 기억하는 멀리는
오일장이 서는 면소재지뿐이었다
장꾼들의 호객소리만 달뜨던
장터보다 더 먼 곳은 없었다
그보다 훨씬 멀다는 말에
아뜩한 거리 머리로 더듬는 사이
전기 가설을 끝낸 전공은
자랑스레 스위치 비틀었다
꽃술 같은 필라멘트 달아오르자
알전구의 볼이 발그스름해졌다
어둠을 휘발시킨 빛줄기들이
광폭으로 쏟아져 내렸다

야윈 발등 오래도록 따뜻했다

탁란, 우리들의 어머니

며칠째 오열하고 있다
뒷산인가 했더니 어느새
논배미 가까운 앞산이다
상수리 잡목숲에 틀어놓은
개개비 둥지가 지척이다
주인 몰래 알 하나 던져 놓고
이 산 저 산 끌고 다니며
며칠째 절규하고 있다
정수리 흰 반점 보기 전에는
안심할 수 없다는 듯
근심을 돌팔매로 날리는지
초록 숲이 잔물결로 흔들린다
예전에 어미가 그랬듯
내 목소리 잊지 말라고
피내림의 굴레 두드리고 있다
불안한 가슴 꾹꾹 눌러 찍듯
내 이름을 부르고 있다

꽃받침

잼 만들기 위해 끝물 딸기
꽃받침 떼어내다 알았다
그 푸른 꽃받침 한때
흰 꽃잎 떠받치는 초록 잔이었다가
열매 젖줄 물고 얼굴 빨개지도록
빨아댈 때는 푸른 배냇저고리였다가
익은 알맹이 아래로 들면
머리에 씌운 푸른 왕관이었음을
하여 딸기가 왕자나 공주였음을 알았다
아니, 세상에 나온 모든 꽃들과
모든 열매들 그로 인해 왕족이었음을,
나도 한때 어머니의 왕궁에서
한 알의 열매로 익어가는 동안
왕자로 자라는 동안
그 궁을 떠받치던 꽃받침 있었음을,
싸목싸목 쌓이던 푸른 꽃받침
딸기의 푸른 광배를 보고 알았다

눈물의 의미

쌀 일어 압력솥에 안친다
말미잘 촉수 같은 불꽃들
부드럽게 솥바닥 어루만진다
기적을 울리기 전까지
한동안 침묵뿐이던 솥에서
물방울 몇 흘러내린다
뜨거운 압력으로도 억누를 수 없는
눈물 더러 있다는 것이리라

어릴 적 어머니도 그랬다
아궁이 앞에서 잡목들을 꺾어
불꽃에 먹이시던 어머니
가끔 불의 상처라도 건드렸는가
불티가 발치까지 날렸다
무쇠솥에서 물방울 몇
스키어처럼 활강하는 동안
어머니의 한숨도 반짝 빛났다

그런 날일수록 밥알들은
또랑또랑 윤기가 돌았다

탱자울이 있는 풍경

점점 부풀어 오르던 눈물에
화가 난 듯한 더러는
웃는 듯한 표정의 어머니
손끝에는 탱자울에서 방금 따온
가시가 서슬 푸르게 들려 있었다
상처보다도 가시가 더 아팠다
금방이라도 터질 듯한
무릎의 고름주머니를 쳐다보며
어머니는 무슨 가을걷이인 양
지금이 따야 할 때라고 말했다
두려움으로 오금 저리던 무릎을
어머니 앞에 내밀던 순간
불침의 마지막 뜨거움이 지나갔다
잘 익은 고름주머니에서
비명 지를 겨를도 없이 고름이
촛농처럼 차르륵 흘러내렸다
상처는 또 다른 상처로

다스려야 한다는 것을 그때 알았다
엄습하던 시간의 상처 농익어
가시 대면 금방이라도 주르륵
아픔이 쏟아져 내릴 것 같은

별 · 7

제금내서 가까이
당진 땅에 보내놓고도
하루가 멀다 하고
전화 걸어
몸조심하라 신신당부하시더니
그래도
마음이 놓이지 않았는가
눈이란 눈 모두
밤하늘에 박아두고
날마다 어둠 가운데서
날 지키시는
근심일수록 빛나는
어머니

어머니의 졸업장

내게는 여러 장 있는
졸업장이 어머니에겐
단 한 장도 없습니다

밥 먹는 일이 전부였기에
졸업장은 신기루였습니다
뽑을 수 없는 못이었습니다

일생을 한 가정의 심지로
환한 등불 밝히시더니
오늘은 지상의 마지막
조등으로 내걸린 어머니

내 서러움으로 눌러 쓴
현비유인(顯妣孺人) ○ ○ ○ 씨(氏) 신위(神位)
단 한 줄뿐이어도 빛나는
졸업장 어머니께 바칩니다

얼쩡거리다

개심사에 오르던 중이었다
뒤따르던 딸애 목소리가 들렸다
얼쩡거리지 마 귀찮단 말야!
빨리 여기서 꺼지란 말야!
놀란 내가 뒤를 돌아보았다
딸애는 손부채를 만들어
연신 허공에 휘둘러댔다
하늘의 한쪽 볼이 시퍼랬다
깔다구가 자꾸만 따라와
귓가에서 앵앵거린다는 것이었다
귀찮게 군다는 것이었다
나도 그런가 네게
그리움이란 이름으로 다가갔지만
온전히 네가 되지 못하고
얼쩡거리면서 깔다구처럼
앵앵거리고 있는 것은 아닌가
귀찮게 굴고 있는 것은 아닌가

귀향

가끔씩
항적 하나 없는
대호만 하늘 위로
판독 불가능한
상형문자들이
잘못 수신된
일그러진 화면처럼
북으로 날아간다
힘껏 밟아도
속도가 붙지 않는
지친 그리움의
가속페달 밟으며

부드러운 줄탁

온몸으로 껴안아도
땅에 박힌 얼음의 뼈는
풀릴 기미가 없었다

혈관을 따라 맴돌던 추위에
심장마저 닫아버린 채
어둠의 고치집만 매만졌다

간간이 달팽이관 핥아대는
건조한 바람의 혀에
관절마저 저릿거렸다

깨어보려고 발버둥치던
악몽의 끝자락에서
아지랑이 몇 가닥
하늘에 수신된 것일까

껍질을 조심스럽게 쪼아대는
씨앗들의 태동에
부드러운 부리로 화답인 양
땅을 두드리는 봄비

독춘(讀春)

미라 같은 은행나무가지에
새 한 마리 앉았다

한동안 하늘 바라보던 새가
나뭇가지 쪼아대기 시작했다

순간 나는 읽었다 새의 부리에
물려 있던 봄볕 몇 알을,

새는 나무의 캄캄한 옹이 열고
봄볕을 심고 있었던 것이다

둥근 파장으로 나이테 밀어내던
봄의 뜨거움 때문이었을까

은행나무도 그날부터
새의 혀 같은 잎 내밀었다

연초록 새 울음소리가 지상으로
는개처럼 쏟아져 내렸다

겨울, 천리포수목원에서

바람소린가 하여
해송 숲 바라보니
나뭇가지 하나 흔들리지 않아
달팽이관 바짝 조이니
수만의 모래알 입으로 물어
백사장에 하얗게
토해놓는 파도소리,
그렇구나, 고개 끄덕이다
다시 쳐다보니
해송 숲 가파르게 핥는
바늘쌈 같은 바람의 혓바닥소리,
오도도 춥기만 한
그 소리에도 젖줄대고
조금씩 꿈을 밀어 올리는
땅밑 봄 촉들의 망글망글한
연둣빛 숨소리

제3부

경계에서는

간을 출입했던 문이라선가
토끼풀은 오늘도 할금할금
낮은 포복으로 잔디 먹는 중이다
토끼풀과 잔디의 짙푸름이
한없이 평화스런 풍경이라지만
피 냄새 없는 공존 어디 있던가
눈물 없는 악수 어디 있던가
한 뼘 땅이라도 더 차지하기 위해
사방으로 단단히 스크럼 짜는,
밀고 밀리는 팽팽한 싸움
삶은 얼마나 표독한 것인가
지면 죽음뿐이라는 생각에
토끼풀 하얗게 거품 물었다
잔디마다 푸른 검기 꼿꼿했다
그 독기 제법 향기롭다 해도
목숨 건 경계일수록 삶은
축축한 그늘마저 끌어다 덮었다

부드러운 못

망치가 아니어도
콘크리트 벽이든 나무 벽이든
어디에나 잘 박히는

박다가 구부러지거나
부러지는 일이 전혀 없는
사람의 순한 가슴일수록
더 깊숙이 박히는

한번 박히면 너무나 부드러워
다시 뽑아낼 수 없는
뉘우침으로 뽑으려 하면
더 큰 상처로 남는

평생 다스려 봐도 언제나
제멋대로 살아 꿈틀대던
미워질수록 못대가리 빛나던

세 치의 혀

낙엽에게 묻는다

가슴 비우며 산 것들은
그 마지막도 아름답다
땅에 떨어져서야 비로소
평안하던 낙엽들 태운다
날랜 불의 혀가 구석구석
핥을 때마다 간지러운가
온몸 비틀어 삶으로 피어난다
잎맥 어디에 저리도 많은
향을 쟁여놓았던 것일까
따스한 불의 군무 앞에서
탄성으로 피어오르는 향
내 지난날의 눈물들도
죄다 그러모아 불태우면
또 저렇듯 그윽한 빛일까
욕망이 단단해질수록
나는 낙엽에게 묻는다
욕심 버리며 산 것들은

왜 재마저도 향기로운가

미시오

두부 한 모 사러
슈퍼 출입문 손잡이 잡을 때마다
나는 움찔 놀란다
손잡이 위에 문패처럼 붙어 있는
'미시오.' 가 '미시오?' 로
자꾸 읽혀지기 때문이다
내가 아무리 수컷답지 못해
부엌일 좀 한다고 해도
이처럼 면전에 대놓고
노골적으로 물을 순 없는 것이다
나이 먹을수록 내 거시기가
예전처럼 바로 서지 않아
가끔씩 결정이 뒤바뀌는,
수컷의 흔들리는 삶이긴 해도
나는 당당한 남자란 말이다
쌍방울 떨렁거리는
문을 열 때마다 '미시missy*오?'

이렇게 물으면 소심한 내 간이
얼마나 졸아들겠는가

* 아가씨 같은 주부를 뜻하는 신조어.

가을에는 번지 점프를

아래를 바라보지는 마
까마득한 시야일수록 두려움은
만수위로 차오르거든
위만 바라보면 돼
일단 손에 가득 움켜쥔 욕망들
슬쩍 풀어주는 거야
그러고는 한걸음만 내딛으면 만사 끝이야
허공에 온몸 기대는 새처럼 말야
자, 나처럼 해 봐 이렇게

조교의 시범에 따라
일제히 몸을 허공에 던지는
샛노란 은행잎들

번지 코드?*
그런 건 필요 없다니깐

* 번지 줄.

청개구리

하라는 일은
꼭 해야 한다는 일은
외로 돌린 고개더니

하지 말라는 일은
결코 해선 안 된다는 일은
먼저 설레발쳐대는

현대판
저,

일식, 혹은 우화(愚話)

　그가 검지를 들어 하늘을 가리켰다 손끝을 감아 올라
간 시선에 푸른 하늘이 출렁거렸다 한동안 하늘은 무표
정했다 관객들은 두려웠다 이미 그의 손에서는 장미가
피어났고 비둘기가 날았기 때문이었다 마법의 손인데 아
무 일도 일어나지 않다니, 의심이 창을 열려던 순간이었
다 갑자기 나타난 달이 해를 잡아먹기 시작했다 우적우
적 씹는 소리가 어둠으로 쏟아졌다 그제야 관객들은 얼
굴 가득 미소를 지었다 달이 해를 완전히 삼켰다 관객들
은 평온해졌다 그의 손은 시침이었다 해가 달을 빠져나
와도 하늘엔 해가 없었다

등꽃

—다솜공동체*에서

얼굴을 쥐어짜야 겨우
말 한마디 건넬 수 있네

사지를 비틀어야 겨우
손 한번 잡을 수 있네

무성한 눈총에 맞아
슬픔은 바닥을 보인지 오래

온몸 배배 꼬아 얼굴로
웃음꽃 밀어 올리면

옹이로 맺혀 있던 눈물
자줏빛 향소리로 쏟아지네

* 충남 당진에 있는 정신지체 공동체.

부활절에

가로수로 심긴 메타세콰이아
녹슨 청동방울 같은 열매
겨우내 꽉 움켜쥐고
매운 눈보라에도
날선 칼바람에도
놓을 줄 모르더니
봄볕 은총으로
부챗살 펴는 오늘은
손아귀를 풀었다

물도 돌지 않아
미라 같던 가지마다 새 잎이
연초록 화염으로 치솟았다
성령의 불꽃처럼

꽃샘추위

봄 한복판에서
햇볕을 쪽쪽 빨아대며
발랑발랑 꽃잎 뒤집는
발정 난 꽃들에게
잠시 호흡 가다듬으라는

아직 벌 나비 날개 칠
기미도 보이지 않는데
서둘러 꽃피우고 나면
열매 맺을 수 없으니
잠시 동작 멈추라는

너무 서두르다 보면
일 이루기보다는
낭패 당할 수 있으니
더러 하던 일도 돌아보라는
형형하신 그분 말씀

여의 (如意)

온몸의 신경을 날 세우며
등이 미치게 가려울 때가 있다
긁어줄 사람 애타게 찾다가
벌렁 뒤집힌 풍뎅이 마냥
방바닥에 드러누워 맴돌아도
가려움 누그러지지 않는다
기둥 모서리에 등 대고 비벼도
마음만큼 시원스럽지 못할 때
벽에 걸려 있는 효자손은
얼마나 갸륵하고 고마운 것인가
조막손일지라도 가려운 곳
벅벅 긁으면 시원해지던 등처럼
국립중앙박물관 전시실에 놓인 여의
그 누구의 손에 들렸던 것인가
사람들의 가려운 고민 긁어
마음만큼 시원하게 했던가
세상은 아직도 미치도록 가려운데

쌀은

이 땅에서 차마
썩을 수 없는 것들은
땅속에 묻혀서도
먼지로 돌아갈 수 없어
단단한 보석이 되듯

수천의 지열에도
수만의 압력에도
둘린 어둠 소처럼 안으로
안으로 꾹꾹 다져넣으며
빛나는 보석이 되듯

수천 년 이 땅에 흘린
아버지들의 더운 땀방울도
티끌로 부서질 수 없어
한 알 우주가 된다
목숨 뜨겁게 달구는

그의 미소

그가 잔디깎이를 앞세워 등장했다
잔디밭이 새파란 공포로 뻣뻣했다
스위치 올려 생기를 불러오자
기계인 자신도 두렵다는 건가
온몸으로 울음을 뽑아 올렸다
그가 천천히 기계를 밀었다
칼날에 웃자란 생각들이
생각해볼 겨를도 없이 잘려 나갔다
보이지 않는 칼날의 표정은 단호했다
자신보다 수준 높은 생각들은
항상 불온하다는 것이다
언제나 불안하다는 것이다
베어야 마음이 놓인다는 것이다
비명조차 지를 수 없는 두려움 끝에서
새파란 향이 피어났다
삶의 중심으로 파고들수록
날카롭던 생각들이 근심처럼 흔들렸다

매끈하게 다듬어진 수평만이
그의 미소를 불러왔다

만춘(滿春)

겨울 추위가 매서웠던가
하늘 만져보려 좍 폈던
벚나무 천수관음이
겨울바람에 얼었다

곱은 손처럼 펴지도
쥐지도 못하는 천수(千手)가
동상처럼 얼얼하던 삼동

손목까지 시큰거리던
혹한 지나자 계절은
감각이 무딘 손들마다
깁스를 끼웠다

딱딱한 석고붕대가
벙어리장갑 같은 봄날
벌들은 향기를 길어

꽃을 퍼 올리고 있다

제4부

그런 때가 있다

방충망과 유리창 그 좁은
틈에 말벌 한 마리 갇혔다
길이 있어 들어왔는데 나가는 길
찾지 못해 온몸으로 모색 중이다
위에서 아래로 다시 위로
좌에서 우로 다시 좌로
살기 위해 발바닥으로 모든
길 더듬었으나 날개를 유혹하는 것은
나를 파먹던 생일 뿐이다
움켜쥘수록 지도는 신기루 같아
허방의 길만 맴맴 맴돌다
해일처럼 밀려드는 두려움에
날개를 퍼덕거리면 길을 가둔
틈은 한 줌 목숨마저 옥죈다
다리를 버둥거릴수록 죽음이
따뜻하게 만져지던 그런
때가 있다 가끔씩 내 삶에도

그는

벌써 여러 날 째다 그는
한 점 흐트러짐 없는 자세로
중앙분리대 아래 누워 있다
더는 가야할 곳이 없다는 듯
여기가 최종 목표였다는 듯
딱딱한 자신의 그림자 방석처럼 깔고
오가는 자동차 소음도 아랑곳없이
달리던 모습 그대로 누워 있다
여기저기 고단하게 헤매야 했던
두 다리 가지런히 포개 놓고
살육으로 날카롭게 빛나던 송곳니도
동굴 속 어둠에 묻어둔 채
여기만이 영원한 안식처라는 듯이
두 눈을 지그시 감고 있다
더 이상 끼니에 대한 걱정도 없고
식솔에 대한 책임도 없이 그는
팽팽한 긴장마저 풀어놓은 채

곁으로 몰려드는 죽음을 핥고 있다
온몸으로 할짝대는 소리만이 다디달다

서리를 당하다

꽃샘바람에 봄비가
섞여 내리던 밤이었네

어둠을 끌어올려
머리꼭대기까지 덮어도
잠은 눅눅하기만 했지

틀어막아도 웅웅대던
바람의 몸부림 끝에서
비명소릴 들은 듯했어

날카로운 발톱에
어둠마저 뜯겨 나가자

한 무더기 흰 깃털만
나뒹굴고 있었네
목련나무 아래에는

별 · 8

하루하루의 삶이
죄의 기록 아니던가
오늘도 대못을 들고
네 가슴에 박는다
텅, 텅, 텅, 텅,

들어가지 않는 못일수록
온몸으로 두드린다
텅텅텅텅 네 비명소리가
힘의 원천이다

자, 보아라
기년체도 편년체도 아닌
내 전과의 기록을,
어둠 가득 빛나는
망치 맞은 못대가리를

꽃방석

민들레가 꽃방석 펼쳤습니다

벌이 날아와 쉬었다 갑니다

나비가 날아와 앉았다 갑니다

지나던 구름 앉을 수 없었던 걸까요

그림자만 대보고는 그냥 갑니다

바람도 앉았다 가는 모양입니다

체머리를 흔들어대는 걸 보면,

앉힐수록 꽃방석 샛노래집니다

홍시 혹은 마리화나

농익은 홍시 몇 알
식탁 위에 놓아두었다

주황 전구알 같은 주검을
열심히 파먹고 있는 초파리들

시신의 어떤 냄새를 맡고
여기까지 날아온 것일까

점점 썩어가던 삶일까
점점 살아나던 죽음일까

손부채를 흔들어도
다시 돌아오게 하고야 마는
그 마리화나 같은

녹초

그런 풀이 있기는 한 걸까
이 땅 어디선가 자라기는 하는 걸까
더듬이 치켜세운 호기심에
없을 거라는 반신에 어리석게도
교학사판 한국식물도감 펼쳐 보았다
1권 처음인 양지식물 솔잎란부터
2권 마지막 난초과 산호란까지
분명 있을 거라는 반의로 넘겨보았다
책장의 무게가 왼쪽으로 기울수록
이 땅에서 함께 숨 쉬면서도 구면보다는
개면마, 어수리, 진퍼리새, 수궁초
개통발, 나사말, 개밀, 각시그령
이런 초면의 낯선 이름들 앞에서
더러는 내가 찾고 있던 이름조차
새까맣게 잊을 수밖에 없었다
그 두꺼운 1546쪽 4157종의 사진 속에서
주인공이 없다는 걸 확인하는 순간

녹초는 싱싱하게 자라고 있었다
월간 잡지의 권말 특별 부록처럼
도감 밖에서 온몸에 뿌리박고

1킬로미터의 행운

일과를 허물처럼 벗고 퇴근 중이었다
에스오일 주유소 근처에 다다랐을 때
자동차 계기판을 보았다, 그동안
숨 가쁘게 달려온 길들 차곡차곡 쌓여
누계는 막 77777로 넘어가고 있었다
숫자 7은 럭키 세븐이라고 했던가
그 럭키가 다섯이라니, 뭔가 엄청난
행운이 박덩이로 굴러올 것만 같았다
가파르게 올라가는 미터 조금이나마
늦춰보려 브레이크 가뿐 밟았다
행운 오래도록 누리기 위한 셈이었기에
흘러가는 주변 풍경이라든지
지나치는 자동차는 안중에 없었다
다섯 개의 럭키 점자처럼 눈으로 더듬으며
엄청난 행운 눈물겹도록 기다렸다
열망의 온도가 얼마나 뜨겁던지
심장에 과부하가 걸려 숨 거칠었지만

구억 마을 들어가는 입구에서
마지막 숫자가 8로 바뀌도록
행운도 불운도 찾아오지 않았다
1킬로미터 달리는 동안 행운이 찾아오리라
빵빵한 기대로 행복했던 마음, 그것이
행운이었음을 비로소 팔자처럼 알았다

뒤를 돌아다보았다

사거리 붉은 신호등에 걸렸다
깐 마늘 고봉으로 실은 트럭 한 대
내 앞에 멈췄다 순간
반쯤 열어놓은 창으로 마늘 냄새
찰거머리처럼 몰려왔다
좁은 차 안을 삽시간에 점령하는
냄새에 서둘러 창문 올리다
뒤를 돌아다보았다 나는
다음 사람에게 어떤 차인가
무엇을 가득 싣고 가다가 오늘처럼
잠시 붉은 신호에 걸린다면
뒤에 선 사람은 내게서
어떤 냄새를 맡을 것인가
역겨워 나처럼 창문 닫을 것인가
가늠하는 사이 신호가 바뀌었어도
나는 자주 뒤를 돌아다보았다

폐가를 보면

폐가를 보면 마음이 편안해진다
사람 목소리 들려올 때는
풀 한 포기 마당을 지날 수 없었다
꽃들도 화단을 나올 수 없었다
눈치 없이 마당에 뿌리내린
풀들은 눈에 밟히는 족족 뽑혔다
그러던 집에서 사람이 떠나자
집은 자연스러워졌다
마당을 지난 풀들 더러 주인처럼
방에서도 뿌리 내리고 꽃 피웠다
오동나무도 천장 열고 하늘과 내통했다
덩굴손들이 지붕에 푸른 기와를 얹자
집은 스스로를 허물었다
떠난 것들 모두 불러들였다
사람 냄새 지우자 자연으로 돌아가는 길,
그 좁은 길이 환하게 보였다

남산의 봄

꼭 이름 때문만은 아니다
남산에 봄이 일찍 오는 것은,
치솟는 욕망이 삶의 전부였던
분수 광장 지날 무렵이었다
어디선가 망치질소리 들렸다
백발 몇 헐거워진 그림자로
게이트볼을 치고 있었다
상기된 눈빛 선하게 가다듬고
지나갈 생의 길을 응시했다
문 열며 지나온 길이라지만
공은 늘 좁은 문을 피해
마음 밖으로만 굴러 갔다
골폴 겨눌수록 중심으로부터
멀어지던 것이 생이던가
몇 개의 문 가까스로 통과하자
목련봉오리 터질 듯 부풀었다
스틱으로 공을 때릴 때마다

겨울은 조각 유리로 쏟아져
굽은 허리 절로 펴질 것 같은,
남산에 봄이 서둘러 오는 것은
결코 이름 때문만은 아니다

상가에 가면

상가에 가면 내 마음
눈물도 없이 착해지네
꽃 함부로 꺾었던 일도
돌 함부로 던졌던 일도
모두 부끄러워지네

상가에 가면 내 눈빛
곡(哭) 없이도 순해지네
시기심으로 벼린 발톱도
욕망으로 옥쥔 손아귀도
진심으로 뉘우치네

상가에 가면 아직도
죽음이 멀었다 자신하지만
영정 속 망자는
지상의 마지막 미소로
내 감각 어루만지네

살아갈수록 단단해지던

길이 무덤인 것들이 있다

달려가던 삶이 그대로
무덤인 것들이 있다
내 일용할 양식을 위해
쳇바퀴 도는 국도 615호선
무채색 아스팔트에서 더러
길로 무덤 삼은 것들 만난다
한 줌 온기 지키기 위해
필생의 눈빛으로 달려가다
질주하던 시간의 바퀴에
비명소리마저 으깨진 영혼
애도할 한 줄 조사도 없다
위로할 한 송이 조화도 없다
핏빛 바퀴 자국 선명한
압화 한 송이 난만할 뿐
속도만을 휘감는 바퀴에
마지막 숨결 사라질 때까지

회춘(回春)

입춘첩이 짱짱하던 날이었다
건양 위해 베란다 청소하다
검정 비닐봉지 하나 보았다

도굴의 떨림으로 봉인 뜯자
부장품인 양 양파 몇 개
추위에 새순 벼리고 있었다

비닐을 팽팽하게 밀어내던
연둣빛 촉수가 날카로웠다
빛 찾기에 골몰했다는 것인가
머리마다 백발이 성성했다

양파는 겨우내 제 몸에 젖줄대고
봄을 퍼 올렸던 것인데
창 밖에는 여전히 칼바람뿐이다

상처의 언어를 보듬는 그리움의 여정

송기한(문학평론가, 대전대 교수)

고완수 시인의 『누군가 나를 두드렸다』가 응시하는 시선은 바깥 부분보다는 주로 안쪽 부분에 치우쳐 있다. 그렇기에 그의 시집에서 대사회적인 맥락을 읽어내는 것은 거의 불가능한 일이다. 서정시가 주로 내성에 관계된 장르라고 할 경우, 시에 대한 시인의 이러한 독법은 매우 자연스러운 일이 된다.

서정시가 내성적인 것과 분리되기 어려운 특성을 갖고 있다면, 문제는 이 내성이란 것이 시인마다 어떻게 구현되는가 하는 것에 있을 것이다. 그 각각의 특질을 시 속에서 간취해내는 것, 그것이 이 시인만이 갖는 시적 주제일 것이고, 또 시인만의 독특한 세계가 될 것이다.

고완수는 자신만의 그러한 시적 주제 혹은 시적 세계를 숙명이라 생각했다. 그의 자서에 나타나 있는 것처럼, 그는

"상처의 언어를 끌어안고 절망과 희망을 저울질하는 시인의 운명"을 하나의 숙명으로 인식하고 있기 때문이다. 그는 자신의 운명을 이렇게 숙명으로 규정해 놓고 그 스스로에 대해 "이런 운명에 잠시라도 나는 빠져본 적이 있던가" 하고 회의적 자문을 하지만, 실상 그의 시의 근거는 이 문제의식으로부터 크게 벗어나 있는 것이 아니다. 따라서 우리가 그의 시에 대해 관심을 갖고 있는 부분은 "절망과 희망을 저울질"하는 그 "상처의 언어"가 대체 무엇인가 하는 점에 있다.

『누군가 나를 두드렸다』에서 시인의 담론에 어떤 상처가 있었고, 그 상처가 어떻게 시를 만드는 동인이 되었는가 하는 근거를 찾기란 쉽지 않다. 상처란 자기동일성이 일탈하는 곳에서 발생하는 어떤 심리적 기제인데, 시인의 시집에서 그 메카니즘이 곧바로 드러나 있는 것은 아니기 때문이다. 그러나 시인이 받은 상처들이 다소 추상화되어 있는 것이 사실이긴 하지만, 그 흔적의 자취들이 완전히 가려져 있는 것은 아니다. 그것을 일단 동일성에 대한 상실과 좌절의식에서 찾고 싶다. 실상 고완수의 『누군가 나를 두드렸다』에 드러나 있는 그 상처와 흔적들은 일회적인 어떤 순간의 계기에 의해 형성된 것이 아니라 매우 기능적이고 조직적으로 만들어진 것이다. 이른바 동일성에 대한 꿈인 존재론

적 완성에 이르고자 하는 희구의식이 다른 어떤 시인보다
도 강렬하게 나타나 있기 때문이다. 그의 상처의 언어들은
바로 이 상실의식과 불가분의 관계를 맺고 있다.

하루하루의 삶이
죄의 기록 아니던가
오늘도 대못을 들고
네 가슴에 박는다
텅, 텅, 텅, 텅,

들어가지 않는 못일수록
온몸으로 두드린다
텅텅텅텅 네 비명소리가
힘의 원천이다

자, 보아라
기년체도 편년체도 아닌
내 전과의 기록을,
어둠 가득 빛나는
망치 맞은 못대가리를

—「별 · 8」 전문

인간이 죄를 짓는다는 것, 곧 일탈의 세계에 빠진다는 것은 동일성의 의식 없이는 불가능하다. 기독교에서 말하는 죄의 근원도 여기서 비롯된 것이고, 무의식과 의식의 근원적 대립을 이야기한 정신분석학의 경우도 마찬가지이다. 따라서 죄는 시인에게만 돌려지는 고유의 몫도 아니다. 그것은 시인뿐 아니라 모든 인간에게 주어지는 기능적이고 조직적인 것이다. "하루하루의 삶이/죄의 기록"이라는 것은 시인이 어떤 근원으로부터 일탈된 존재라는 인식에서 얻어진 것이다. 따라서 그것은 근원적인 것이고 선험적인 그 무엇이다. 시인이 "내 전과의 기록"이라고 하여 다소 부정적으로 표현을 했지만, 그것이 어떤 윤리적인 근거와 기준으로 잴 수 있는 성질의 것이 아님은 이 때문이다. 그것은 법의 잣대로 이해될 수 있는 영역도 아닌 윤리 이전의 문제이다. 따라서 시인이 "텅텅텅텅 네 비명소리가/힘의 원천이다"고 하면서 그것을 자신의 삶의 역동성으로 인식한 것은 자연스런 일이라 하겠다. 윤리를 초월한 죄란 더 이상 가치판단의 영역에서 논의될 수 없는 것이기 때문이다.

「별·8」에서 시인이 죄의 비명소리가 힘의 원천이라 한 부분은 시인에게는 상처에 해당된다. 여기서 그 상처는 물론 시인만의 고유한 것은 아니다. 그런데 문제는 그러한 일반화된 의식이 어떻게 개별화되어 시인 자신의 몫으로 자기화되는가에 있다. 이 부분이야말로 시인 자신만의 고유한 몫이 될 것이고 또 작가의 역량과 관계되는 부분이 아닐까 한다.

시인은 「별·8」에서 죄를 힘의 원천이라고 했다. 말하자면 죄라는 상처를 시인의 기호적 실천의 근간으로 이해한 것이다. 윤리를 뛰어넘는 선험적인 죄가 인간에게 실천의 영역으로 자리잡을 경우, 그것이 내성이라든가 동일성의 회복과 같은 존재론적인 문제와 결부되는 것은 자연스러운 일이 된다. 고완수의 시적 여정이 나아가는 방향도 이와 밀접히 결부되어 있는데, 인간의 본원적인 꿈이 자기동일성에 있다고 한다면, 이는 매우 적절한 선택이 아닐 수 없다.

> 사거리 붉은 신호등에 걸렸다
> 깐 마늘 고봉으로 실은 트럭 한 대
> 내 앞에 멈췄다 순간
> 반쯤 열어놓은 창으로 마늘 냄새
> 찰거머리처럼 몰려왔다
> 좁은 차 안을 삽시간에 점령하는
> 냄새에 서둘러 창문 올리다
> 뒤를 돌아다보았다 나는

다음 사람에게 어떤 차인가

무엇을 가득 싣고 가다가 오늘처럼

잠시 붉은 신호에 걸린다면

뒤에 선 사람은 내게서

어떤 냄새를 맡을 것인가

역겨워 나처럼 창문 닫을 것인가

가늠하는 사이 신호가 바뀌었어도

나는 자주 뒤를 돌아다보았다

─「뒤를 돌아다보았다」 전문

　　인용시는 일상에서 흔히 일어날 수 있는 사건을 배경으로 쓴 시이다. 일상에서 소재를 끌어올 수 있다는 것은 자신을 만들고 가꾸어가는 자기 실천의 문제가 기도와 같은 특정의 순간에만 국한되는 일회적 문제가 아님을 말해준다. 시인에게 자기성찰과 같은 동일성에의 회복이라는 과제는 그만큼 보편화되어 있었던 것이고, 또 절박한 문제 가운데 하나였다. 그런 동일성의 회복이라는 끊임없는 피드백 시스템 과정을 시인은 "신호가 바뀌었어도/나는 자주 뒤를 돌아다보았다"는 여운을 통해서 반성하고 있는 것이다. 그의 이런 사유 행위는 지친 몸을 의지해주던 소나무의 매끄러운 표면과 자신의 허리를 대비시키며 환기되기도 하고

(「옆구리를 내주는 사랑」), "평생 다스려 봐도 언제나/제멋대로 살아 꿈틀대던/미워질수록 못대가리 빛나던//세치의 혀"(「부드러운 못」)를 통해 일깨워지기도 한다. 뿐만 아니라 과일전의 수박과 자신과의 대비를 통해서 타인에게 비춰질 자신의 참모습이 무엇인지에 대해 되묻기도 하는 과정으로 나타나기도 한다(「누군가 나를 두드렸다」).

동일성에 대한 시인의 이런 감각이 일탈에서 비롯된 것임은 자명한 일이다. 그러나 그 추방의 감각이 종교적인 것이든 혹은 심리적인 것이든, 아니면 어떤 개인적인 억압에 기인한 것이든 명확히 알 수는 없다. 또 어느 하나의 계기가 아니라 복합적인 요인에 의해 그러한 것일 수도 있다. 어떻든 시인이 동일성이 파괴되는 파탄의 상태, 곧 상처를 갖고 있다는 것은 틀림없는 사실이다. 이 상처의 언어가 시인을 언어의 바다로 이끌리게 했고, 그 바다 속에서 시인은 건강한 회복을 꿈꾸어왔다. 완결된 의식과 통일된 인식을 담보해줄 그런 담론에의 천착이 시인의 궁극적 목표가 된 것이다. 시인은 그런 통일된 상태 혹은 건강한 언어를 욕망의 상실에서 구하기도 하고, 근원에 대한 회귀를 통해서 구하기도 한다.

인간의 욕망이라든가 근원과 같은 문제는 대단히 일반화된 주제 가운데 하나이다. 억압이라든가 상실의 감각을 운

위할 때, 이 감각만큼 시인들에게 쉽게 다가왔던 사유도 없었기 때문이다. 그럼에도 고완수 시인에게 이런 감각이 예사롭지 않게 느껴지는 것은 그것이 작품 세계의 구조적인 맥락이랄까 그 틀에 견고하게 내재되어 있다는 점 때문일 것이다. 이는 그러한 시인의 사유들이 어떤 순간의 감각이나 일회적 계기에 의한 것이 아니기에 그러하다. 상처에 대한 인식과 그 초월에 대한 의지를 담고 있는 다음의 작품을 보면, 이는 금방 확인된다.

가슴 비우며 산 것들은
그 마지막도 아름답다
땅에 떨어져서야 비로소
평안하던 낙엽들 태운다
날랜 불의 혀가 구석구석
핥을 때마다 간지러운가
온몸 비틀어 삶으로 피어난다
잎맥 어디에 저리도 많은
향을 쟁여놓았던 것일까
따스한 불의 군무 앞에서
탄성으로 피어오르는 향
내 지난날의 눈물들도

죄다 그러모아 불태우면

또 저렇듯 그윽한 빛일까

욕망이 단단해질수록

나는 낙엽에게 묻는다

욕심 버리며 산 것들은

왜 재마저도 향기로운가

―「낙엽에게 묻는다」 전문

　인용시는 대단히 감각적이다. 여기서 감각적이라 함은 이 작품 속에 내재된 일차원적 이미지가 독자의 편에서도 그대로 공유되기 때문이다. 낙엽의 향기로운 향이 감각적 이미지에 해당한다. 그런데 낙엽의 냄새가 이렇게 향기로운 것은 그것이 욕망과는 무관한 삶을 살았기에 그러하고 또 자연의 이법으로부터 벗어나지 않았기에 그러하다. 시인은 그러한 낙엽의 모양새와 자세를 대단히 경이롭게 응시한다. 공수래공수거(空手來空手去)라는 지극히 평범한 진리를 온몸으로 실천하고 있는 낙엽의 자세에서 욕망에 찌든 자신을 반추하는 것이다. "욕망이 단단해질수록/나는 낙엽에게 묻는다/욕심 버리며 산 것들은/왜 재마저도 향기로운가"라고 말이다. 이는 그렇지 못한 시인의 자세에 대한 채찍이 아니겠는가.

이 작품은 상당한 가편의 시이다. 이 시가 독자의 심금을 울리는 바는 대단히 큰데 그것은 인용시가 전하는 주제 전달의 방식이 원초적인 감각에 의존하고 있기 때문이다. 인간이 느낄 수 있는 감각 가운데 가장 원초적인 것이 일차적인 감각에 호소하는 것이다. 이 시는 욕망의 무화라는 인간의 영원한 꿈을 낙엽의 향기 속에서 읽어내는 빼어난 솜씨를 보여주고 있는 경우이다.

어느 철학자에 의하면, 인간이 근원적으로 억압되는 배경에는 욕망이 내재되어 있기 때문이라고 한다. 인간이란 욕망하는 존재이기에, 그리고 그 욕망으로부터 자유롭지 않기에 억압될 수밖에 없다는 것이다. 이런 시각은 다분히 정신분석학적인 측면에 기댄 것이긴 하지만, 욕심으로 표현되는 세속적 일탈, 욕망으로 인유되는 근원적 일탈이 없었다고 한다면, 인간은 낙원으로부터 추방되지도, 근원적 원천으로부터 분리되지도 않았을 것이다. 그러나 인간은 그렇지 못한 존재이기에 일탈이라는, 동일성으로부터의 소외라는 상처를 간직하며 살 수밖에 없는 존재가 되었다. 고완수 시인이 주목하는 것도 이 부분이다. 그가 탐색해 들어가는 주제가 아주 일반화된 것이라는 사실은 굳이 부인할 수 없지만, 그것이 시인만의 득의의 영역이 될 수밖에 없는 것은 이런 주제들이 시인의 의식구조 속에 견고히 내재되어 있다는 점 때문이다. 시인이 찾아들어간 욕망의 문제라든가 근원에의 향수는 상처의 치유와 회복과정에서 얻어진 항상적인 것이었고, 내성의 문제나 욕망의 문제는 사유의 완결성을 이루어내는 과정에서 필연적으로 체득된 것이었다. 시인의 시편들이 단형의 형식을 취하는 것도 어쩌면 이와 밀접한 관련이 있다고 생각된다. 『누군가 나를 두드렸다』를 꼼꼼히 읽어보면 시인의 시들은 대체로 짧은 형식들로 구성되어 있다. 현대의 복잡한 감수성을 담아내는 산문적 서술도 없고 이에 대한 집요한 철학적 물음들도 발견할 수 없다. 그렇기에 시형식이 굳이 길어질 이유가 없었던 것으로 보인다.

시인의 주제의식은 분명한 것이었는데, 그것은 다름아닌 존재론적 완성이라는 철학적 혹은 근원적 사유에의 물음이었다. 시인이 언어의 상처를 보듬어 안고, 그것을 하나의 숙명적 과정으로 받아들인 것은 근원으로부터의 일탈과 그것으로의 회귀라는 모색의 과정에서 얻어진 것이었다. 이 과정에서 시인이 주목한 것은 어머니에의 그리움, 곧 모성적인 상상력이었다.

시인의 어머니에 대한 사랑은, 혹은 그리움은 아주 각별한 것으로 나타난다. 모성적인 것에의 그리움이 보편적 인간의 향수이긴 하지만, 그러나 시인의 어머니에 대한 사무

친 정들은 그런 일반화된 방식을 뛰어넘는 곳에 위치한다.

내게는 여러 장 있는
졸업장이 어머니에겐
단 한 장도 없습니다

밥 먹는 일이 전부였기에
졸업장은 신기루였습니다
뽑을 수 없는 못이었습니다

일생을 한 가정의 심지로
환한 등불 밝히시더니
오늘은 지상의 마지막
조등으로 내걸린 어머니

내 서러움으로 눌러 쓴
현비유인(顯妣孺人) ○○○씨(氏) 신위(神位)
단 한 줄뿐이어도 빛나는
졸업장 어머니께 바칩니다

— 「어머니의 졸업장」 전문

시인에게 어머니의 일상적 모습은 지극히 경험적인 영역에서 만들어진다. 그렇기에 어머니에 대한 감정이 대단히 실감있고 현장감있게 다가온다. 시인은 어머니를 일반적인 호칭으로 애타게 부르지 않는다. 모두에게 공통으로 존재하는 보편적인 어머니 상으로 구현하지도 않는다. 그는 오직 자신에게만 현상되는 어머니의 모습을 그리고 있을 뿐이다. 이런 구체성이 현실감 있고 실감있게 다가오는 것은 당연한 일이 아닐까. 시인이 묘사하는 어머니가 추상적인 모습이라든가 관념화된 영역과 거리가 먼 것은 이런 이유 때문이다.

시인이 어머니를 그리워하는 것은 지극히 사적이고 내밀한 부분이다. 그러나 그의 시세계에서 어머니에 대한 묘사가 차지하는 음역은 매우 중요하다. 그것은 동일성의 회복이라는 언어의 상처와 밀접한 연관이 있기 때문이다.

쨈 만들기 위해 끝물 딸기
꽃받침 떼어내다 알았다
그 푸른 꽃받침 한때
흰 꽃잎 떠받치는 초록 잔이었다가
열매 젖줄 물고 얼굴 빨개지도록
빨아댈 때는 푸른 배냇저고리였다가

익은 알맹이 아래로 들면

머리에 씌운 푸른 왕관이었음을

하여 딸기가 왕자나 공주였음을 알았다

아니, 세상에 나온 모든 꽃들과

모든 열매들 그로 인해 왕족이었음을,

나도 한때 어머니의 왕궁에서

한 알의 열매로 익어가는 동안

왕자로 자라는 동안

그 궁을 떠받치던 꽃받침 있었음을,

싸목싸목 쌓이던 푸른 꽃받침

딸기의 푸른 광배를 보고 알았다

—「꽃받침」 전문

이 작품은 세상의 모든 사물에 있어서 근원이 없음은 불가능하다는 것, 또 그 근원이 있었기에 하나의 찬란한 결실을 맺을 수 있었음을 말하고 있다. 시인은 그러한 모성에 대한 인식을 딸기의 꽃받침을 통해서 알게 된다. 그것처럼 자신 역시 어머니의 왕궁이 없었다면 현존재로서의 자신이 불가능한 존재였음을 인식한다. 모성에 대한 이런 근원의식이야말로 상처받은 언어가 치유될 수 있는 근원적인 매개가 아닐 수 없다. 어머니는 단지 일회적 그리움의 대상도 아니고, 사적인 영역에서 의미화되는 존재도 아니다. 시인에게, 아니 모든 인간에게 어머니는 동일성이 회복되는 근원이었던 것이다.

모성적인 것에 대한 그리움과 함께 시인의 이번 시집에서 한 가지 더 주목해야 할 것이 있다. 반문명적인 사유가 그것이다. 반문명적 의식이란 근대 모더니즘이 추구하는 궁극의 목표이긴 하지만, 『누군가 나를 두드렸다』에서도 그것은 그 연장선에서 이해된다.

폐가를 보면 마음이 편안해진다
사람 목소리 들려올 때는
풀 한 포기 마당을 지날 수 없었다
꽃들도 화단을 나올 수 없었다
눈치 없이 마당에 뿌리내린
풀들은 눈에 밟히는 족족 뽑혔다
그러던 집에서 사람이 떠나자
집은 자연스러워졌다
마당을 지난 풀들 더러 주인처럼
방에서도 뿌리 내리고 꽃 피웠다
오동나무도 천장 열고 하늘과 내통했다
덩굴손들이 지붕에 푸른 기와를 얹자

집은 스스로를 허물었다

떠난 것들 모두 불러들였다

사람 냄새 지우자 자연으로 돌아가는 길,

그 좁은 길이 환하게 보였다

　　　　　　　　　　　　　　─「폐가를 보면」 전문

자연이란 반문명적인 것의 이면에 자리한다. 자연은 문
명의 실패와 더불어 수면 위로 떠오르면서 그것이 추구하
는 궁극적인 가치가 무엇인가를 소위 문명적인 것들에 대
해 되묻기 시작했다. 그런 자연의 의미있는 항변은 인용시
에서도 똑같이 자리한다.

폐가란 사람이 버린 집이지만, 그것은 자연과 인간의 경
계에 위치하는 점이지대이다. 인간이 떠난 뒤부터 폐가의
나머지 구성원들은 비로소 제자리를 찾기 시작한다. 풀들
은 마음껏 뿌리를 내렸고 꽃은 피어났으며, 오동나무도 천
장을 열고 하늘과 내통했다. 뿐만 아니라 덩굴손들 역시 지
붕에 푸른 기와를 얹으며 대자연의 합창에 동참한다. 결국
인간을 위한 집은 스스로를 허물게 되고, 자연의 일부가 되
어버린다. 사람 냄새가 지워지면서 하나의 자연으로 거듭
태어나게 된 것이다.

이 작품은 인간과 자연의 관계를 소박한 차원에서 읊고

있지만, 그것이 함의하는 뜻은 매우 교훈적이다. 문명사적 종말의식이나 분열된 인간의 자의식을 유별나게 의식하지 않으면서 현대 문명에서 포지하는 자연의 가치가 무엇인지를 잘 말해주고 있기 때문이다. 새로운 문명사의 탄생을 예비하는 자연의 철학적 국면은 나타나지 않지만, 시인에게 있어 자연이란 궁극적으로는 재생의 의미와 불가분의 관계에 놓인다. 자연은 인간이라는 문명적 요소가 거세될 경우에만 그 본연의 모습이 회복될 수 있는 것이라는 의미인데, 이런 맥락에서 보면 자연은 모성적인 것이라고 할 수 있을 것이다. 이는 시인에게 또 다른 어머니였던 셈이다.

시인이 지금껏 탐색해왔던 것은 상처의 언어를 치유하는 것이었고, 존재론적 완성이라는 동일성을 회복하는 것이었다. 끊임없이 성찰하는 자아의 성실한 실천은 그러한 노력의 일환이었고, 어머니라든가 자연은 그가 되돌아가야 할 구경적 지점이었다. 따라서 그의 시적 탐색들은 부분부분이 존재하는 것이 아니라 모든 작품들이 그 최종 지점으로 회귀하는 유기적 실타래로 얽혀 있음을 알 수 있게 된다.

자연적인 것에의 회귀, 모성적인 것에의 그리움과 더불어 그의 작품세계에서 또 하나 주목해서 보아야 것이 사랑 시편들이다. 『누군가 나를 두드렸다』는 총 4부로 구성되어 있지만, 이를 주제별로 엮으면 크게 세 부분으로 나눌 수 있다. 하나가 자아성찰이나 존재론적 완성에 관한 것이라면, 다른 하나는 어머니의 세계, 곧 모성적인 것에의 회귀와 관련된 것들이다. 그리고 마지막 다른 하나가 소위 사랑시계열이다.

고완수의 다른 시들이 그러하듯 그의 사랑 시편들은 매우 아름다운 것이 사실이다. 이 작품들이 이성적 그리움에 대해 읊은 시라고 해도 좋고, 어떤 절대자에 대한 그리움을 노래한 것이라 해도 크게 틀린 말은 아니다. 절실한 그리움의 세계야말로 어떤 절대적 가치 없이는 성립하지 않는 까닭이다. 그러나 나는 그의 사랑 시편들을, 시인이 자서에서 언급한 것처럼, 상처의 언어를 치유하는 과정의 일환으로 이해하고 싶다. 『누군가 나를 두드렸다』는 모두 시편들이 유기적인 전체로 짜여져 있다고 했다. 그렇기 때문에 각각의 시편들이 여러 다양성의 세계로 분기된다고 보기는 어려워 보인다. 시인의 시세계들은 분명한 목표와 주제의식을 갖고 있다. 그 각각의 짧은 시편들을 통해서 시인은 자신의 목소리를 싱싱하게, 힘차게 담아내었다. 이번 시집에서 절실하게 읊어낸 그리움이 상처의 언어를 끌어안기 위한 지난한 자기노력의 결과가 아닐까 한다.

그대는 어찌하여

바닷물 같은가

마시면 마실수록
헛물만 켜게 하니

저 바다를 통째로 삼켜
풀 수 있다면

일생을 두고 나
퍼 마실 텐데

들이킬수록 어찌하여
그대는 짜디짠 갈증인가

—「사랑」 전문

다가가려해도 쉽게 접근되지 않는 감수성이 그리움이다. 만약 근접가능하고 쉽게 성취되는 것이라면, 이 정서는 성립되지 않는다. 만지면 만져질 듯한, 잡으면 잡힐 듯한, 그러면서도 만져지지 않고 잡혀지지 않는 것이 그리움의 정서이다.

시인은 자신의 글쓰기의 목표를 상처의 언어를 끌어안는

것에 두었다고 했다. 그리고 그것을 숙명이라고 불렀다. 숙명이란 쉽게 해소되지도 않고, 쉽게 도달할 수도 없는 것이다. 다만 저 멀리서 가물가물 잡힐 듯 잡히지 않고 하늘하늘거리고 있을 뿐이다. 시인에게 저 멀리서 자기화되지 않고 하늘거리는 실체는 건강한 언어이고, 존재의 완성을 이루는 지점일 것이다. 뿐만 아니라 분열을 모두 감싸 안는 근원적인 어떤 것일 것이다. 그 근원으로 다가가려는 영원한 꿈, 그것이 바로 그리움이 아니겠는가. 시인의 갈증은 여기서 비롯된 것이다. 시인은 그것에 이르려는 그리움을 가지고 있다. 아니 이를 숙명으로 여기고 거기서 발생한 상처를 끊임없이 붙들고 있을 것이다. 이제 시인은 그 그리움에 이르기 위해 막 출발선상에 서 있다. 그리움이 어떻게 부챗살처럼 펼쳐지는지 지켜보자.

시인의 말

밑으로 굴러 내린 돌을
다시 정상으로 올리기를
영원히 되풀이해야 하는
시지프스의 운명을
숙명이라고 부른다면
상처의 언어를 끌어안고
절망과 희망을 저울질하는
시인의 운명 또한
숙명이라 부를 수 있으리라
이런 운명에 잠시라도 나는
빠져본 적이 있던가

2010년 여름
고 완 수

누군가 나를 두드렸다

2010년 7월 2일 1판 1쇄 찍음
2010년 7월 7일 1판 1쇄 펴냄

지은이 _ 고완수
펴낸이 _ 양동문
펴낸곳 _ 詩와에세이

신고번호 _ 제319-2005-000014호
주소 _ (120-865) 서울시 서대문구 북아현동 1-495 세방그랜빌 2층
대표전화 _ (02)324-7653, 313-4023
팩시밀리 _ (02)392-4023
휴대전화 _ (011)355-7565
전자우편 _ sie2005@naver.com
공 급 처 _ 한국출판협동조합
주문전화 _ (070) 7119-1741~2
팩시밀리 _ (031) 944-8234~6

ⓒ 고완수, 2010
ISBN 978-89-92470-49-0 03810

* 지은이와 협의하여 인지는 생략합니다.
* 이 책 내용의 전부 또는 일부를 재사용하려면 반드시 지은이와
  詩와에세이 양측의 동의를 받아야 합니다.
* 책값은 뒤표지에 표시되어 있습니다.
* 이 시집은 호수시 창작지원금 일부 지원으로 발간되었습니다.